AF356034

SVITTE DE LA GAZETTE DE LA PLACE MAVBERT

par l'Autheur de la
DE LA GAZETTE DE HALLES,
touchant les affaires du tempe.

A PARIS,

Chez MICHEL METTAYER, Imprimeur ordi-
naire du Roy, demeurant en l'Isle Noftre Dame
fur le Pont Marie, au Cigne.
M DC. XLIX.

DAME BARBE SE PLAIGNANT
à sa petite fille, du long temps qu'elle n'a veu
Dame Denise pour leur conferance.

TROISIESME GAZETTE,

MArgot n'a-tu point veu Denise,
Tres-dame qu'elle est mal aprise:
On ne la voit ny peu ny prou
A ses fourée en quel que trou
Per guieu à le me boute en painne.
Il ny a casy deux semaine
Con ne la voit point an cartié
La pauure femme s'est pitié
A la vng homme bien tarible
Vn homme qui sans faire crible:
Luy aura fait quelque guignon
Et tres-bien frotté çon taignon.
Ie cognois fort bien son courage
Set vn gueble à faire carnage
Et puis le iour qua sans n'aly
Par trois fois bien fort lapely
Car il enrage quant à cause
Tenez en voila de la loze,
Las veneça prenez a moy
Ma foy quand seroit pour le Roy.

A

A qui Dieu donne bonne vie
Voyez , prenez.
       La Bourgeoise.
Que ie manie.
       Dame Barbe.
Ho mets fet que voila du bon
Tenez voulez-vous du Saumon
Vous en couperay deux darne
Ne le faites pas pour lefparne
Cy vous en auez apety
Ie vous le barez à credy.
Ie voy quoy que vous puiffiez dire,
Que fet voftre fruit qui en defire
Et que les petits pieds bien fouuent
Font bien fouffrir du mal aux grans
Y me fouuient l'autre carefme
Vous n'acheptiez rien qu'à moy-mefme.
Comme dit l'autre fans manty
Vous ne faites que rambely
Par ma foy ie vous en affure.
       La Bourgeoife.
Ho vous m'en contez des plus mures,
Ca ça ne faut point tant préché ,
Defpechons nous fefont marché.
       D. Barbe.
Vous vous maucqué de moy fe femble.
Nous ne nous battrons pas enfemble
Tout fe que i'ay eft bien à vous
       La Bourgeoife.
Mais le bon mot combien pour nous
       Dame

Dame Barbe.
Voullez vous dont que ie le dife
Au cy vray qua vous ie deuife
Vous ne man poyrez que six frans
Car quand feroit pour mon enfant
Ie nen rabattrez pas la maille.
La Bourgeoife.
Hó,hó faut dont que ie m'en aille
Vous efte trop chere auiourd'huy,
Effe à caufe du Vendredy
Que vous faites la rencherie.
D. Barbe.
Ca, venez ça, parle mamie,
Con bien en voulé vous doné
Ieru faut-il tant s'etonné
Voyez comme eft la marchandire
Ca combien en voulez-vous dire.
La Bourgeoife.
Pour es viter tant de façons
Ie vous en donne deux teftons.
Dame Barbe.
Efcoutez auffi vray Madame
Comme vous efte honefte femme
Y me rauient fans vous manty
A plus de trois frans & demy.
La Bourgeoife.
Vous n'en aurez pas davantage.
D. Barbe.
Cela neft pas à voftre vfage,

Rendez, rendez moy mon ſaumon
Adieu, adieu ma foy ſa mon
Vous faut des trippes de moirué,
Comme diantre ſon cheual ruë
Voyez madame de ſainct main
Le cous tout chargé de farcin
Voyez la belle migaurée,
Voyez la gueuſe reparée
Pancé que ſon pauure coqu
Ne luy a donné qn'vn eſcu
Pour le réſte de la ſemaine
Voyez moy ſa bougre de maine
Ses beaux cheueux en ſerpenteaux
Ses blancs ſoulliers dans les ruſſeaux
Ses deux coiffe de crapaudaille,
Voyez ma dame rien qui vaille
Luy faut donné du ſaumon frais
A ſe beau rette de lacquais
       La Bourgeoiſe.
Adieu à ton iamais veu femme
Dire tant de parolle infâme
Qui parle auec moins de raiſon
       D. Barbe.
Adieu, adieu mary graillon
Tronez moy le dos au plus viſte
Car iour de guieu cy tu mirite
Tu veras que paiſe ma main
Peſte à poux cheſne de putain
Voyez moy ſe beau maſcqu'arade

Quelle grand dieble dalebarde
Ma foy voyla vn beau baton
Pour rauardy à mon faucon
Auſſi bien meſtre Iean Guillaume
Ne dis plus rien que ſes ſepſſiaume
La pandeloque ne va plus
                    La Bourgeoiſe.
En voulez vous dix ſols de plus.
                    Dame Barbe.
Aute toy deuant ma bouticque
Porte guignon chaude pratique
Cy non ie te gytré de l'eau
Bougre de grouain de pourceau
Reguaytez donc dame Ponſette
Parlez donc commere tres-nette
Voiraine na tu rien de bon
Pour donné à ce vieu dragon
Madame ou eſt voſtre demeure
On vous le portera tout aleure
Avez-vous beſoin d'vn hoteur
Ou bien d'vne charette a beufs
Pour porter tout voſtre bagage
A loroit plus beſoin d'vn page,
Pour luy trouſé ſon cotillon
Car à ſe crotte de fa çon
Qu'à ne ſera bien toſt que bouë
De main en main con la bafoue
Puis qua ſanfuit crions apres

Eſt carognie maſque eſt eſt
Ma foy la voyla en allée,
Adieu vous dis la pauure plelée
    Dame Barbe ſurpriſe par
    dame Deniſe.
A commere bon ie ty prans
Quoy tu te faſche en bon etian
Tu as toute la face bleuë
    Dame Barbe.
    Qui parle du loup en voit la qeue
D'où dieble vient-tu dont dimoy
Tu mas donné bien de l'effroy
    Dame Deniſe.
Le dieble ſoit la groſſe feſſe
D'où vient ie viens de Goneſſe
Ne me vis tu pas le matin
A la porte de ſainct Martin
Ou ie vit la beaucoup de braue
Donné le rude aſault au raue
Et plus de deux mile cadeſt
Firent là la geuire aux naueſt
Aux ognions, au choux aux ſyboules
Enfin tout Paris fut en foulle
Setoit maruaille de les voir
Se la dury iuſque au ſoir
Moy qui eſtoit demeuré derriere
Iy demeury la priſonniere
Iuſquà ſe iour que tu me voit
Enfin que dis-tu du con voit

             Entryty

Entryty beaucoup de charrettes.
D. Barbe.
Les gran ruës estient trop estreteces
Silan entry vraman beaucou,
Tan con ne sauoit les mettre oux.
D. Denise.
A present comme va l'affaire
Auronie la paix ou laguera.
D. Barbe.
Ie faizons la paix maugré eux.
D. Denise.
Que diantre y sont dót bien honteux.
D. Barbe.
Perguieu y leur est bien force
Ce Cardina ce mestre Iosse
Se voit au bout de son roullet
Car tu voit tout chacun le hait
Les Nomans & toute l'Espagne
Les Lorains & tout la Bertagne
Enfin tant aux villes qu'aux champs
Chacun le cognois si méchant
Qu'on ne cherche que sa ruaine.
D. Denise.
Ma foy ion bien eu de la pain,
Et ce b Prince de Condéo
En est tousiours possedé
Aussi bien que tout sa caballe
Si ie le tenien dans la halle
Il y arroit que set destre hais

C

Principalement à Paris
Ce n'eſt pas qu'on luy voulu faire
Aucune choſe temeraire
Quand ce ne ſeroit que ſon nom
Appellé Louis de Bourbon,
Mais ie luy chanterien ſa game
Luy remonſtrant qu'il eſt infame
De prendre vn ſi mauuais party
Qui l'en fera bien repanty
Vn Cardina vn Emainance
Qui na plus rien de bon en France
Y la tout pris tout mis dehors
Y ne luy reſte que ſon corps
Dont cela bien fort le chagraigne
Tient l'autre iour boiuant chopaine
Ientendy dire ſa chanſon
Sur le beau chan quandira-ton.

Dame Barbe.

Haula dis don que ie tantande
Cet vne belle ſarabande.

Dame Deniſe.

Sus bons François ſecourez voſtre France.
Secourez moy dans mon oppreſſion.
Voſtre naiſſance
Porte le nom
De ne ſouffrir aucune trayſon.
Vangé moy don
Braues guerriers ſogez que ie vous donne,
Auec le iour vn cœur comme vn Lion

Cy ma couronne
Par vn demon
Deuant vos yeux est prise sur monfron,
           Quandiroiton.
Grand Parlement vous estes trop auguste
Pour nen vouloir tirer vostre raison,
La cause est iuste
Et de saison
En vous vengeant vostre Roy & mon non,
          quandiroiton.
        Dame Barbe.
Ie nentan rien à ton jargon
Ny fin ny moin qu'au bas berton
        Dame Denise.
Ma foy veu tu que ie le dise
Aussi fait bien Dame Denise
Mais i'en ay fait sans me vanté
Vne que ie te vas chanté,
Sa couste la bien ie te prie
Si tu la trouue plus jollie.
        Dame Denise.
Ie voudrois bien tenir dedans ma chambre
Ce Mascarin qui nous fait enragé
Son plus biau membre
L'ayant hàgé.
A tout nos chiens ie le ferois mangé
        Quandiroiton.
        Dame Barbe.
O ma foy faut que ie la praine.

I'ayme mieux te payer chopaine
A vaut plus ſans comparaiſon
Vn eſcu que l'autre vn teſton.

       Dame Deniſe.

Ien ſauon bien encor vne
Et qui n'eſt pas des plus commune
Puis que i'en ſomme ſur le train
De ce dieble de Maſcarin
Par ma foy faut que ie la diſe
A couſté à parle ſans fintiſe.
Du Mazarin & de la Mazarinaille
Quandiroiton que dieble en diroiton,
Sons des cannaille
Quandiroiton
Quandiroiton par ma foy rien de bon
        Quandiroiton

       Dame Barbe.

Quandiroiton, quandiraton,
Nous a fait bien mangé du ſon
Mais maugré tout ſon hayſauee.
Nont cependant la conferance
Tant achepté comme pillé
I'auons nous fait rainuitaillé,
       Dame Deniſe.

Ie nons plus peur de la famaine
Ions plus de bled & de faraine
Qui ne nous en faut pour vn an
Si nos Meſſieurs du Parlement

Nous apporte la guerre ouuerte
Par ma foy ie paris sa parte
Car tous nos generaux & nous
Nous y ront luy cassé le coux
Et cy garacheray sa barbe
Quandi tu ma comere Barbe

D. Barbe.

La paix est faite matondit
A la charge que ce maudit
Si ceste peste diluminance
Sortita de nostre France
Dieu luy en veille bien ouy
Que nostre petit Roy Louis
Son frere & toute sa famille,
Reuienne dans sa bonne ville
Sans roublié auecq rairon
Les plus rutils de la mairon
Sa mere, son oncle & sa tante
Et ma moirelle sa parante
Set vn enfant que i'aime bien
Pour du reste ie n'en di rien
Qui face des choux ou des raue
Ses biaux soudart qui font les braue
Ie nen noray iamais pitié
Y lont perdu mon amitié.

Dame Denise.

O bien faut auoir passiance
Iusqu'a tant que la conferance
Nous dise cy sest vray ou non

D.

Qui cet ennemy ce demon
Iay bien peur qui ne le deguife
Luy boutant la cafacque grife
De fus fa tefte vn grand chapiau
Tout alantour vn beau plumiau
A çon cofté l'efpée dorée
La belle perrucque poudrée
Sa barbe d'vn autre façan
Razé comme vn ieune garcon
Et ne laiferoit pas de faire
Se quieft dans leftat neceffaire
Et par in cy fe gauferien,
Par tout des pauures Parifiens
Adieu auec ca ie te laiffe
Voila la nuict, le tamp me preffe
Faut retourné à la mairon.

       Dame Barbe.

A pren moy don quandiraton.

         D. Denife.

Non, non ienpecherois ta vante.
         adieu
       Dame Barbe.
Adieu ton ta feruante.

        F I N.

www.ingramcontent.com/pod-product-compliance
Lightning Source LLC
LaVergne TN
LVHW011936170726
843501LV00011BA/4442